KB196118

별들의 위로

별들의 위로

2024년 11월 18일 초판 1쇄 인쇄
2024년 11월 28일 초판 1쇄 발행

지은이 | 장재선
펴낸이 | 孫貞順
펴낸곳 | 도서출판 작가
　　　　(03756) 서울 서대문구 북아현로6길 50
　　　　전화 | 02)365-8111~2　팩스 | 02)365-8110
　　　　이메일 | cultura@cultura.co.kr
　　　　홈페이지 | www.cultura.co.kr
　　　　등록번호 | 제13-630호(2000. 2. 9.)

편집 | 손희 김치성 설재원
디자인 | 오경은 이동홍
마케팅 | 박영민
관리 | 이용승

ISBN 979-11-94366-06-5 (03810)

값 12,000원

별들의 위로

장재선 시집

작가

멀리서 보면 아득히 빛나는 별이어서 좋다. 가까이 만나면 동
시대를 함께 걷는 벗이어서 정겹다. 이 책에서 시詩로 만난 스
타들이 그렇다.

　나는 이분들에게 빚을 크게 졌다. 일상의 나날에서 상실
감, 우울증, 치욕감으로 휘청거릴 때 이들의 영화와 드라마,
노래에서 위로를 받았다.

　어찌 나 뿐이겠는가. 곡굉지락曲肱之樂, 몸 누일 곳 없어서
자기 팔뚝을 베고 누운 처지여도 애써 즐거움을 찾으며 웃고
사는 이가.

　이 책은 전작 『시로 만난 별들』과 형식이 비슷하면서도 다
르다. 전작은 산문 비중이 높지만, 『별들의 위로』는 시문에
중점을 뒀다. 산문은 이해를 거드는 역할이다.

　짧은 시문을 읽으며 길게 미소를 지었으면 한다. 그 웃음
이 모여서 우리 모듬살이를 조금이나마 환하게 해 준다면 얼
마나 좋겠는가.

고 송해(1927~2022)선생부터 차은우(1997~)배우까지 생년 순으로 수록했다. 4부로 나눠 각 부마다 한 시기를 대표하는 인물들을 알 수 있게 했다. 눈 밝은 이라면, 한국 현대 대중문화사 흐름을 헤아릴 수도 있을 듯싶다. 자신이 익숙하게 아는 인물이 나오는 부분부터 읽어도 좋겠다. 송해 선생을 다룬 시는 서울시 지하철 시로 선정됐으니 승강장 스크린도어에서도 만날 수 있을 것이다.

　나는 앞으로도 이 작업을 할 것이기 때문에 더 많은 스타들이 시의 공간 속으로 들어올 것이다. 그들을 통해 개인의 성공 욕망과 공동체 정신이 어떻게 만나는지 살피는 일은 매혹적이다.

　부록으로 영문 번역 시를 담았다. 영문학자인 김구슬 교수가 옮긴(감수 달시 파켓) 것들이다. 시인이기도 한 김 교수의 내공을 여실히 느낄 수 있다. 이번엔 5편만 선보이지만, 향후 더 많은 작품을 외국어로 옮기고 싶다. 한국 대중문화 인물에 대해 운문으로 읊은 것을 외국인들도 함께 즐기기 바라서이다.

언론사에서 밥벌이를 지속했기에 문화 인물들을 깊고 넓게 들여다볼 수 있었다. 내가 속한 신문사는 20세기 말 외환 위기 앞뒤로 폐업 위기에 몰렸다. 그걸 살려낸 후 오늘의 어엿한 모습으로 성장시킨 지도자와 동료, 선후배들께 고개를 숙인다. 그 덕분에 나는 각계 인물들을 만날 수 있었고, 대중문화 스타들도 취재할 수 있었다.

나는 오랫동안 문학을 불신했다. 이렇게 부박한 세상에서 시와 소설이 무슨 소용이냐, 라는 생각에 사로잡혔다. 그럴 때 내가 시 쓰는 자라는 걸 자랑스러워하며 격려해 준 법조, 경제계 어른들이 계셨다. 현실뿐만 아니라 디지털 세상에서 물신의 야수들이 날뛸수록 인간의 혼을 지키는 시 정신이 필요하다는 걸 상기시켜주셨다. 지금은 세상에 계시지 않은 두 어른의 안식을 빈다.

내가 참 좋아하는 최불암 선생님께서도 이 시집을 미쁘게 봐 주실 것이다. 어느 별보다 빛나면서도 가깝게 곁을 내 주시며 술과 시의 벗이 되어주신 것에 특별히 고마움을 표한다. 그 분의 문자 향기가 이 책에 배어 있기를 감히 바란다.

미욱한 나와 동행하느라 애쓰는 가족과 친구들에게 또 시집을 내어 보이는 게 민망하다. 나도 그대들 계좌에 현금을 넣어주는 것이 훨씬 좋다는 걸 안다. 아는 것을 실천하지 못하는 게 미안한 일인 줄도 안다. 시시한 시로나마 세상과 친화하고픈 서생을 너그럽게 용시해주기 바란다.

이 시들은 문화잡지 《쿨투라》에 연재한 것을 다듬은 것이다. 어쭙잖은 넋두리를 모아 책으로 만들어준 작가 출판사의 동지들! 앞으로도 함께 웃으며 삽시다.

2024년 가을
장재선

목차

목차

1부

노래하는 마음 곁에서

— 故 송해 방송인

세상 고샅고샅 노래를 전하는
삐에로를 자처했으나
그는 망향의 시간을 다스리느라
나날이 면벽한 도인이었는지 모른다
어느 날 도통해 청춘으로만 살게 돼
푸른 계절의 빛을 노래에 실어
가을과 겨울에도 마구 퍼트렸다
무거운 세월을 경쾌한 웃음으로 바꾸고
취흥에 겨워서 흔들거리는 척
모든 계절의 곡조를 다 품어주다가
툭, 사라졌으나

지금도 누구 눈에는 그가 보인다
노래하고 춤추며 웃는
그 봄의 마음들 곁에서.

송해 선생은 2022년 6월에 95세로 타계했다. 그때 나라 전체에 추모 물결이 일었다.

그는 TV프로그램 〈전국노래자랑〉을 33년간 진행했다. 90대에 현역으로 방송 활동을 하다가 세상을 떠나는 이례적 기록을 남겼다.

그의 사후에 그가 〈전국 노래 자랑〉 진행을 60대 넘어서 맡았다는 사실이 새삼 되새겨졌다. 다른 이들은 인생의 늦가을로 접어들 때, 그는 새로운 프로그램을 맡아 전국을 돌아다니며 노래와 웃음을 전달하기 시작한 것이다. 그는 생전 반주飯酒를 즐겼는데, 그게 건강비결이라고 말하곤 했다. 내가 언젠가 그와 통화할 일이 있어서 전화했을 때도 목소리에 취기가 있었다. 남도의 한 지역에서 녹화를 마친 후 한 잔 했다며 그는 소탈하게 웃었다.

코로나 기간 그의 건강이 나빠져서 병원에 입원했다는 소식이 들렸다. 선생을 친아버지처럼 여겼던 가수 현숙 씨는 "워낙 쾌활하신 분이라서 코로나를 잘 이겨내실 것"이라고 했다. 선생이 1세기 가까이 사셨음에도 가까운 이들은 그와 더 오래 함께 하고 싶었던 것이다.

선생은 방송에서 늘 웃는 모습을 보이려 했으나, 가족사에 아픔이 많았다고 한다. 황해도 출신으로 월남을 하며 어머니와 헤어졌는데, 그 이후로 한 번도 만나지 못했다니…. 그의 웃음 뒤에 있었던 슬픔과 그리움에 한없이 고개를 숙인다.

아들이고 남편이며 아버지였다
— **故** 남궁원 배우

먼 남쪽의 궁전을 그리워한다는
그 이름처럼
눈요기의 안개 속에서
흐릿하게 자리해도 됐을 것이다

동쪽 땅에선
한 세대 쯤 일찍 태어난 귀골
하늘의 별로만
아득히 빛나도 됐을 것이다

그러나 그에게
모든 별의 시간은
땅의 사람들과
시작과 끝을 함께 했다

어머니와 아내,
딸과 아들, 그리고
딸의 딸 곁에서
더불어 빛나기를 꿈꿨다.

역시 신수가 훤하구나! 남궁원(본명 홍경일) 배우를 봤을 때, 나도 모르게 감탄을 흘렸다. 지난 2012년 서울 종로의 한 음식점에서 열린 원로배우 '신우회'에서였다. 황정순, 최은희, 신영균, 태현실 등 한국 영화계를 빛낸 스타들이 모여 우정을 다지는 자리였다.

남궁원 배우는 모임에 입장한 후 제자리에 앉아 있다가 다시 선 채로 일행의 담소를 느긋한 표정으로 지켜봤다. 그 때 그의 나이가 78세였다. 참 근사하게 늘어가는 초로의 신사라는 느낌을 줬다. 2024년 2월에 그가 90세로 타계했다는 소식을 듣는 순간 그 모습이 뚜렷이 떠올랐다.

그가 젊은 시절 영화계에 데뷔한 계기가 어머니의 병원비 때문이었다고 한다. 그의 타계 후 부고 기사들에서 그게 강조되면서 아내 병구완, 자식들 교육 뒷바라지도 새삼 조명 받았다. 한국 현대사의 숱한 고난을 이기며 가정을 돌보고, 후세대의 미래를 열어주기 위해 분투한 세대의 표징과 같은 삶이었다.

그의 아들 홍정욱 올가니카 회장을 한국신문윤리위원회 이사회에서 만난 적이 있다. 위원회 감사였던 그가 자신감이 배어나면서도 절제 있는 언행을 하는 게 인상적이었다. 아버지의 후광이 아들에게 힘이 될지, 짐이 될지는 모를 일이다. 분명한 것은, 선대의 충실한 삶은 후세대에게 소중한 유산이라는 것이다.

그리워진 정읍井邑

─ 박근형 배우

전쟁 때의 소년은
사람들이 내 편 네 편 나뉘어
죽고 죽이는 게 끔찍해
고향 하늘이 싫었다

서울에서 새로 만난 세상은
꿈인 듯 꿈이 아닌 듯
그 세상에 피와 살을 바쳐서
육십 년을 건너오니
비로소 그리워진 정읍

그리움에 기대어
되찾은 고향 마을의
우물에 비친 모든 풍경을
이제는 어루만지며

하늘과 땅, 그리고 산이
지나온 시간들에
잠깐씩 깃들어본다.

1940년생인 박근형 배우는 드라마와 영화, 연극에서 꾸준히 활약해왔다. 〈꽃보다 할배〉라는 예능 프로그램을 통해서 미노년의 멋스러움을 보여주기도 했다.

그는 휴머니티가 넘치는 캐릭터에 참 잘 어울린다. 스테디 셀러인 드라마 〈모범형사 2〉에서 그를 보고 있으면 가슴이 저릿하다. 어린 시절 부모를 잃은 손녀를 혼자 키우며 살아왔던 할아버지의 마음이 애틋하게 전해진다. 그의 빼어난 연기 덕분이다.

물론 그의 연기 스펙트럼은 매우 넓다. 〈여명의 눈동자〉에서처럼 소름끼치는 악역도 능숙히 해냈다. 피도 눈물도 없는 재벌 회장, 정치인도 자연스럽다.

그의 고향 정읍은 백제 가요 〈정읍사〉, 동학혁명 전봉준의 고장 등으로 알려진 곳이다. 내장산 단풍의 절경으로도 유명하다.

박 배우는 이렸을 때 고향에서 6·25 전쟁을 겪었다. 빨치산과 토벌대가 각기 활동하며 죽고 죽이는 참상을 봐야 했기에 고향이 싫어서 상경했다고 되돌아봤다. 그는 고향이 다시 좋아지기 시작한 것은 70세가 넘어서라고 했다.

그의 말이 인상적이었기 때문일 것이다. 나는 몇 년 전 전북 지역을 여행하다가 그의 고향을 찾았다. 김제 평야가 옆에 있기 때문에 평지가 많을 줄 알았는데, 뜻밖에 산이 많은 곳이었다. 6·25 전쟁, 동학혁명, 〈정읍사〉 등의 역사가 그 산 아래 마을들에 숨 쉬는 듯 했다. 대배우의 역정은 그 숨결과 무관치 않을 것이다.

오늘을 사서요

― 김혜자 배우

읽은 거 겪은 거 어디로 가지 않기에
꾸민 이야기 속 당신을 보며
내가 느껴온 것들이
피톨의 고갱이를 이루고 있을 것이다

닭이 홰칠 때 온 몸 다해 울고 나서 너부러지듯
낮이든 밤이든 숨을 바쳐서
누군가를 살아냈기에
당신은 모든 날을 온전히 품었을 것이다

방 안의 전구를 보다가 떠올린 먼 나라의 아이들
당신이 그들을 위해 흘린 눈물이
독한 시절에 갇힌 나의 창을 닦아
순한 문자를 보여 준다

후회 가득한 어제와 불안한 내일 때문에
오늘을 망치지 말아요
지금을 사서요
눈이 부시게.

지난 2009년 영화 〈마더〉 제작보고회에서 김혜자 배우를 봤을 때의 여운이 지금도 강렬하게 남아 있다. 그녀는 그날 이렇게 말했다. "봉준호 감독이 잠자고 있던 세포를 노크해서 깨워줬습니다."

그녀는 〈마더〉에서 장애가 있는 자신의 아들을 보호하기 위해 무슨 짓이든 하는 엄마 역을 했다. 그걸 두고 세간에서는 연기 변신이라고 떠들었다. 22년이나 지속한 드라마 〈전원일기〉에서의 자애롭고 현명한 어머니 역과 다르다는 것이었다. 그러나 이미 그녀는 영화 〈만추〉, 〈마요네즈〉, 드라마 〈모래성〉 〈겨울안개〉 등에서 다양한 캐릭터의 여성을 연기한 바 있다.

"연기는 숨 쉬는 것처럼 나입니다." 그녀의 말에서 공력의 비결이 무엇인지 짐작할 수 있다.

그녀는 "어렸을 때 대저택에 살았다"라며 천연덕스럽게 자랑을 해서 듣는 이를 당혹시킨다. 그런데 거기엔 독립운동을 했던 조부와 부친에 대한 자부가 바탕하고 있다. 그런 자부는 그녀의 봉사활동과 맥이 닿아 있는 것이 아닐까 생각해본 적이 있다.

그녀는 1991년 월드비전 친선대사로 위촉된 후 국내외에서 꾸준히 나눔 활동을 펼쳐왔다. 현재 전 세계 곳곳의 도움이 필요한 아동 103명을 정기후원하고 있다. 방 안에 누워 전구를 보다가도 아이들 얼굴이 떠오른다니 나눔 중독자인 셈이다.

고도를 만나는 순간
— 박정자 연극인

아흔 아홉의 프레실러가
모차르트 피아노협주곡을 연주할 때
모두가 숨죽이고 듣는 것처럼
여든 하나의 그녀가
베케트의 고도를 기다릴 때
우리도 몸을 기울여 함께 기다렸다

그녀는 무대의 제단에서
하늘과 땅을 잇는 사제로
예순 한 해 동안
빨주노초파남보 일곱 빛깔의 깃발을
때맞춰 지어냈다

그녀가 천부의 신령한 음성으로
솟대의 방울소리를 불러들일 때
우리는 하늘과 땅의 사이에서
고도를 만나는 순간을
품을 수 있었다.

박정자 선생이 연극 〈고도를 기다리며〉에 출연한 것은 몇 가지 의미가 있다. 팔순을 넘긴 나이에 현역 배우로 무대에 섰다는 것, 남자로 설정된 럭키 역을 맡아 성별의 경계를 허물었다는 것 등이다. 무엇보다도 난해하기로 정평이 난 연극에 출연하겠다고 자원한 것이 특별하다. 대한민국예술원 회원으로서 존경받는 원로이니 그저 앉아서 후배들 무대를 구경이나 해도 될텐데 새로운 도전을 한 것이다.

선생을 최근 두 번 만났다. 한 번은 서울시 도시문화위원회에 함께 참석했을 때였다. 선생은 시의 문화행정에 대해 관계자들에게 세부적으로 묻고 토론에 적극적으로 참여했다. 정부와 지자체의 위원회에 그저 이름만 빌려 주는 여느 원로들과는 뚜렷이 달랐다.

또 한 번은 재일한국인 음악가 양방언 씨의 공연에서였다. 공연이 열리기 전, 관람 초대를 받은 각계 인사들이 로비에 모여서 인사를 나눴다. 문화계 유명인사인 선생은 그 자리에서 당연히 주목 받았으나, 일행과 함께 구석에 조용히 서서 대화를 나눴다. 당신이 주인공이 아닌 자리에서의 처신을 정확히 아는 어른의 모습이었다.

선생은 이런 소신을 갖고 있다. "배우는 빨주노초파남보 일곱 빛깔을 모두 품고 있어야 하고, 그걸 때맞춰 꺼낼 줄 알아야 한다." 그가 앞으로 무슨 빛깔을 꺼낼지 궁금하다. 그런 점에서 영원히 현역이다.

사랑의 기억

― **故** 윤정희 배우

딸이 연주하는 바이올린 소리를 들으며
꿈꾸듯 편안하게 떠났다는 당신
이 세상의 나날을
한 남자의 피아노 음률 곁에서
미소로 가꿨기에

은막 뒤에서 혼자 울더라도
앞에서 힘을 쏟는 시간은
최후의 순례자처럼
정결히 보듬었기에

망각의 병이 운명을 때리고
독한 추문이 잠깐 어지럽혔어도
사랑의 기억은 사라지지 않는다.

오래전, 윤정희 배우와 백건우 피아니스트 부부를 함께 만난 적 있다. 백 피아니스트가 고국서 콘서트를 할 때 인터뷰를 했는데, 그 자리에 윤 배우가 동석했다. 윤 배우는 과묵한 남편을 대신해서 친절하게 콘서트의 내용을 설명하며 좌석 분위기를 유쾌하게 이끌었다.

두 사람은 1976년 결혼한 이후 파리에 거주했다. 해외 연주 투어를 함께 다니며 늘 연인 같은 부부의 모습을 보여 주변의 부러움을 샀다.

그런데 지난 2019년 세종문화회관 분장실에서 백 피아니스트를 만났을 때는 혼자였다. 윤 배우가 알츠하이머 투병을 하고 있어서였다. 백 피아니스트는 담담한 표정이었으나 어쩔 수 없이 쓸쓸한 분위기를 자아냈다. 윤 배우의 동생들이 그의 간병 내용을 문제 삼아 후견인 소송을 제기한 상태여서 더욱 그렇게 보였을 것이다.

2023년 1월에 윤 배우가 파리에서 타계했다는 소식을 들었을 때, 안타까움을 금할 수 없었다. 그 따스한 미소와 더불어 품위 있던 음성이 절로 떠올랐다.

2010년 작 〈시〉는 칸국제영화제에 초청받을 정도로 주목을 받았는데, 결과적으로 마지막 출연작이 됐다. 극중 주인공 미자는 시작詩作을 공부하는 노년 여성으로 알츠하이머 증세를 겪었다. 그런 인물을 연기해 호평을 얻었던 윤 배우가 그 즈음부터 발병을 했다니 운명의 지독함을 느끼게 한다.

춤의 꿈, 나빌레라
— 박인환 배우

눈이 내리는 밤이었어
청년은 울며 춤을 췄지
기억을 잃은 그를 위해
공원 벤치 앞 보도에서
공중으로 날아올랐다가
땅에 발을 딛는 몸짓을
청년이 반복하는 동안
그는 떠올릴 수 있었네
자신의 어깨를 두드리듯
자꾸자꾸 다짐했던 기억
이제는 져도 좋으니까
시작이라도 하고 싶구나

일흔 여섯 살의 나이에
발레리노 역은 무모하나
가슴이 뛰어서 즐거웠지
스무 살 때부터 분장하고
반세기 넘게 연기했는데
새 역할에 도전하는 꿈은
늦지 않고 아직 푸르네.

박인환 배우의 대표작은 워낙 많다. 나는 2021년 드라마 〈나빌레라〉를 그 중 으뜸으로 꼽는다. 극중 역할과 배우가 딱 한 몸이 된 연기를 볼 수 있었기 때문이다.

그는 〈나빌레라〉에서 70대에 발레를 시작한 주인공 심덕출 역을 했다. 덕출은 20대의 유망 발레리노 이채록(송강 분)에게서 발레를 배우며 힘들어 하지만, 무대에 서겠다는 꿈을 위해 기꺼이 연습의 고통을 감내한다.

극 중 덕출처럼 역시 70대인 박 배우는 역할을 위해 발레를 배워야 했다. 그 배움의 희로애락이 연기에 자연스럽게 스민 덕분일 것이다. 나는 덕출을 만나며 울고 웃었다. 반세기가 넘게 연기 생활을 해 온 연기자의 공력을 실감했다.

여느 배우들과 달리 그는 노년에 접어들면서 드라마와 영화에서 주연을 하고 있다. 시대의 변화를 너끈히 받아들이며 세대를 넘어 소통할 수 있다는 믿음을 제작진들에게 주는 덕분일 것이다.

박 배우는 연기자로서 장수하는 비결을 '미련함'에서 찾는다. 어린 시절부터 연기가 하고 싶어서 연극영화과에 갔으나, 재능 있는 사람들이 많아서 자신이 너무나 부족한 사람이라고 생각했단다.

"남들이 연습을 2~3번 할 때 나는 5번 이상 했다. 그렇게 지금까지 왔다."

그 모든 시간이

— 윤여정 배우

서쪽에서 일어난 빛을
동쪽으로 옮겨온 당신
최고의 순간 아니라니
빛이 고루 퍼져나갔다

기뻤거나 분노했거나
슬펐거나 즐거웠거나
주연이거나 조연이든
때로는 단역이더라도

삶의 그 모든 순간이
미나리를 키웠단 걸
빛으로 보여주고도
길은 모른다고 했다

빛으로 가는 길 알면
어찌 캄캄히 걸었을까
모든 길의 시간은 처음
내일도 역시 그럴 것

저무는 길도 처음이니
당신은 앞으로 걷는다
70년 넘게 버텨준 발로
새롭게, 그리고 가볍게.

윤여정 배우를 보면 후광이 느껴진다. 이는 물론 그녀가 한국인 최초로 오스카 여우조연상을 받았기 때문일 것이다. 그런데 수상을 넘어서는 아우라가 그의 생애 전체에서 풍긴다.

그녀는 생계를 위해 연기 활동을 했다고 말한다. 참으로 솔직한 토로인데, 격이 떨어지지 않는다. 치열하게 살아온 덕분이다. 페이크 다큐멘터리 영화 〈여배우들〉에서 보듯 어떤 상황에서도 자존을 잃지 않으려 했기에 치열함을 지킬 수 있었을 것이다.

그녀가 이런 저런 인터뷰와 예능 프로그램에서 툭툭 던지는 말을 들으면, 기지機智가 대단한 사람이라는 생각이 절로 든다. 그건 타고난 것이겠으나, 신산한 삶의 여정을 버티기 위해 한숨 속에 벼린 무기이기도 할 것이다. 수십 년 전의 한국 사회가 이혼한 여성을 어떤 편견으로 대했는지를 담담히 언급하며 웃어버리는 것은, 눈시울을 붉히는 것보다 훨씬 고수다워 보인다.

그런데 이 삶의 고수는 누구를 가르치려 들지 않는다. 얼핏 까다로워 보이는데도 아랫사람들과 잘 소통하는 것은 그 때문일 것이다. 내가 세상을 어떻게 알겠느냐, 그저 길이 있어서 걸어가는 거지, 라는 태도가 뚜렷하다.

사람농사 뒷것
─ 故 김민기 음악인 겸 연출가

낮은 목청 탓에
앞에서 노래를 부르지 못한다며
뒷것을 자처한 채
배울학學 밭전田 연극학교를 열어
사람 농사 못자리를 오래 지켰다

잘 크면 되돌아보지 말고 나가라
뒷것의 당부는
앞것들이 무대에 쏟은 땀의 시간들을
모으고 모아서 알곡으로 바꿔주겠다는
고독한 다짐이었을 것이다

학전에 온 아이들의 웃음소리가 좋아
무대 뒤에서 귀를 열고 듣곤 했던 당신
병고와 함께 사는 늦가을에도
꿈은 얻는 게 아니라 만들어가는 거라며
아침이슬에서 작은 미소를 배웠던

당신의 시간들은 여전히 여기 남아
맘껏 푸르다

"모두 애썼어요. 그런데 캐스팅 오디션이라는 것을 알아주세요. 실력을 보는 게 아니고 캐스팅 균형을 맞춰서 뽑는 거니까."

김민기 학전 대표가 특유의 나지막한 목소리로 이렇게 말했다. 지난 2019년 7월 뮤지컬 〈지하철 1호선〉 오디션이 끝날 때쯤이었다. 현장을 취재하고 있던 나는 그 순간 마음이 푸근해졌다. 김 대표의 말에서 오디션에 탈락한 이들의 마음을 헤아리는 온기를 느낄 수 있었기 때문이다.

2024년 7월, 그가 암 투병 끝에 타계했을 때 문화계 안팎에서 추모 물결이 일었다. 그의 지인들이 여러 매체에 추모 글을 게재했다. 서울대 미대 동창인 김병종 화백의 글은 고인의 예술에서 '약한 것들에 대한 연민'을 살핀 것이어서 특별히 울림이 컸다.

그것들을 읽으며 나는 이런 사람과 시대의 호흡을 함께 했다는 것을 고맙게 여겼다. 여기서 '이런'이란 단어는 여러 가지를 함축하고 있는데, 그 중 고갱이는 역시 휴머니즘이다.

스스로 앞에 나서서 주인공 노릇을 하지 않고 다른 이들을 뒷받침하는 뒷것을 자처하며, 무대에 선 사람들이 자신의 노동 대가를 정당하게 받기를 소망한 휴머니즘. 그 온기를 지킨 것만으로도 그는 앞것, 뒷것 구분을 넘어서는 우리 시대의 귀인이었다.

섬의 유전인자

― 고두심 배우

뭍으로 향한 바람이
그를 서울로 데려다줬을 때
남양군도서 살아 나온
아방 어망의 끈기와 슬기가
함께 따라왔을 것이다

시작의 떨림을 이기지 못해
밖으로 뛰쳐나갔으나
곧 돌아와 다시 선 것은
섬의 유전인자가 불러서였을 것이다

양촌리 맏며느리의 유순함도
사랑의 굴레를 벗어던진 독함도
모두 그의 안에서 나왔으니
냉정과 열정 사이의 시간들이
커튼콜의 꿈속에 흘러왔다

그 세상에서 나날이 빛났으나
여름에 일찍 가을을 겪었으니
겨울엔 봄을 누리는 게
마땅하고 마땅한 조화일 것이다.

고두심 배우와 20여 년 전 통화한 내용이 인상적이어서 지금도 기억한다. 고 배우가 제주의 어느 문예지를 후원한다는 소식을 들은 후였다. 그녀는 이렇 게 말했다. "시대가 첨단으로 달려갈수록 맑고 향기나는 시심이 필요하다고 생각했으니까요."

그 몇 년 후 한국천주교주교회의가 주관한 가톨릭매스컴대상 시상식장에 서 그녀를 만났다. 그녀는 방송 부문, 나는 신문 부문 수상자여서 옆자리였다. 그녀는 동석한 방송 작가와 시상식 내내 유쾌하게 대화를 나눴다. 떠든다는 느낌을 줄 정도로 활기찬 목소리였다. 나는 속으로 생각했다. 드라마 〈전원일 기〉 속의 음전한 며느리와 〈사랑의 굴레〉에서의 한정숙 여사가 다 있구나.

내가 쓴 기사를 더듬어보니 그녀가 이렇게 말했다고 적혀 있다. "연기자 는 국민정서에 영향을 미치는 공인입니다. 개인사를 넘어 사회에 따뜻함을 전할 의무가 있는 것이지요. 그렇게 살도록 노력할게요."

고 배우는 젊을 때부터 어머니 역을 많이 했다. 그래서 인생의 늦가을에 있 는 지금은 로맨스 물을 하고 싶다는 소망이 있다고 한다. 영화 〈빛나는 순간〉 에서 그 바람이 이뤄지기도 했다. 앞으로도 그 꿈이 늦지 않았으면 좋겠다.

2부

허공이 그릇이다

— 김창완 가수 겸 배우

태풍 지나간 마룻바닥에 엎드려 시집을 읽은 후 그가 중얼거린다. 시에 얻어맞은 이 기분은 무언가, 사람 되려면 한참 멀었구나.

세상에게도, 스스로에게도 고분고분한 적 없으나 세월 흐르는 것엔 속절없다. 오르막 오르는 것처럼 힘들여 준비한 무대에서 노래를 마치고 나면 며칠이 내리막으로 쏜살같다.

뒤를 쫓아오던 젊은이의 자전거가 쌩하니 앞질러 갈 때 쫓아가려 하지 않는다. 빈 공간의 막막함에 도전하기 위해 캔버스 앞에 스스로를 세워둔다.

그가 오래 함께 살아온 음악은
허공이 그릇이다.
그것이 지나간 자리엔
기도가 머무른다.

'허공이 그릇이다'는 김창완 선생의 말과 문자 메시지들을 재구성한 것이다. 가수 겸 화가이자 배우이며 방송 MC이고 무엇보다 자전거꾼인 선생의 진면목을 드러내기에 좋겠다고 여겨서이다. 저작권료는 술 한 잔 사드리는 것으로 대신하겠다. 선생은 흔쾌히 좋다고 하실 것이다.

김 선생과 술자리를 한 사람들이 유쾌했다고 읊조리는 것을 수차례 들었다. 언젠가 서울 인사동의 어느 술집에서 자리를 함께 한 후 나도 똑같이 읊조리게 됐다. 그의 '꽉 찬 허적虛寂' 덕분이다. '자유는 인내에서 나오는 것'이라는 철학을 지닌 분이니 사유와 언행이 충실할 수밖에 없다. 그런데 그에겐 탈속의 도인 같은 분위기가 있어서 그 충실의 답답함을 꽤 풀어주며 주흥酒興을 돋운다.

그는 라디오 방송인 SBS 파워FM을 통해 아침 프로그램 〈아름다운 이 아침 김창완입니다〉를 23년간 진행했다. 그 프로그램을 마친 뒤 4개월 만에 SBS 러브 FM 〈6시 저녁바람 김창완입니다〉를 맡았다.

그는 오랫동안 연기 활동도 해 왔는데, 자신이 출연한 프로그램을 보지 않는 것으로 유명하다. 왜 그러냐고 그에게 물었더니, "지나간 것을 되돌아보지 않기 때문"이라고 했다.

기막힌 동행

― 윤석화 연극인

반세기 가깝게 무대에 서며
아낌없이 땀과 눈물을 흘렸다
그것들이 거름 되어
당신 안에서 늘 무엇이 자라났고
신생의 설렘과 기쁨으로 퍼져나갔다

덜 여문 씨앗 같은 것도 있어
때로 후회의 두엄자리에 떨어지기도 했으나
보이지 않는 곳에서 혹이 함께 컸음은 몰랐기에
당신은 기 막혀 웃음이 났다고 했다

이왕 만났으니
싸우지 말고 잘 지내다가
떠날 때 말없이 가자고 다독이며
맨발로 마당을 걸을 때

당신에게서 독한 기운은 빠져 나가고
몸과 마음이 더불어
더 간절하게 원하게 된 그분의 향기가
걸음걸음마다 배일 것이다.

"하루를 살아도 나답게 사는 것이 중요하다." 윤석화 배우가 뇌종양 수술을 받은 후 퇴원을 청하며 한 말이다. 항암 치료를 받지 않고 자연 치유의 방법으로 집에서 맨발 걷기를 하는 이유이다.

그런 이야기를 전해 들으면서 그녀답다는 생각을 했다. 연전에 남산 자락의 어느 식당에서 그녀를 만나 길게 대화를 나눈 적이 있는데, 자존감이 하늘을 찌른다는 느낌을 받았다. 그것은 자신이 맡았던 역할에 항상 최선을 다해왔다는 자족과 직결돼 있는 듯싶었다.

1975년 민중극단 〈꿀맛〉으로 데뷔한 그녀는 1983년 〈신의 아그네스〉를 통해 연극계 디바로 떠올랐다. 이후 뮤지컬 배우로도 활약했고, 제작자·연출가로도 이름을 떨쳤다. TV드라마와 영화에 출연했으며 음악잡지 발행인과 극단 대표도 지냈다.

그녀를 만났을 때 가장 많이 들은 이야기는 뜻밖에도 아들과 딸에 대한 것이었다. 입양을 통해 가슴으로 키운 아이에 대한 사랑과 자랑이 넘쳐났다. 그런 온기가 그녀의 사회 활동에서도 바탕이 되고 있음을 헤아릴 수 있었다.

언제나 당신으로
— 이미숙 배우

흔들리고 싶은 시절에 있어도
흔들리지 않는 나무로 당당했다
알 수 없는 바람에 떠는 가지들을
꿈의 품으로 데려와 살다가
기꺼이 놓아주며
언제나 당신으로 살아왔다

때로 소문에 귀 먹은 자들이
박수를 보내는 대신에
휴지를 던지기도 했는데
그걸 접어 종이꽃을 만들 듯
당신의 나무에 훈장으로 매달았다

새로운 계절이 왔을 때
푸르른 나무를 북돋우는 것으로
모든 계절의 주인공이 될 수 있음을
아는 시간까지 당도하는 동안
당신이 껴안은 슬픔과 기쁨을
다 아는 이는 누구일까.

드라마 〈눈물의 여왕〉(2024)이 크게 히트한 까닭이 여럿 있을 것이다. 이미숙 배우의 열연도 중요한 이유라고 생각한다. 시청자의 분노를 자극하는 악녀 연기로 극에 몰입하게 만들어줬기 때문이다.

"주인공을 극중에서 잘 보좌하는 역할도 또 다른 주연이라고 여기며 연기를 하고 있습니다." 지난 2009년 영화 〈여배우들〉 시사회 후에 이미숙 배우가 내게 했던 말이다. 그 시점에 그녀는 연기자로서 기로에 서 있다는 느낌을 갖는다고 했다. 젊은 시절에 주연을 독차지했던 자신이 어느덧 젊은 연기자들을 뒷받침하는 역할을 한다는 것에 대한 갈등이 있다는 것이다.

나는 고개를 주억거렸다. 그녀는 단순한 주연배우가 아니었기 때문이다. 대체불가의 연기력으로 한국 영화사를 수놓은 인물이다. 〈고래사냥〉의 춘자, 〈그해 겨울은 따뜻했네〉의 오목으로 그녀 대신에 누구를 상정할 수 있겠는가. 〈겨울 나그네〉의 다혜, 〈뽕〉의 여인네 안협집을 동시에 보여줄 있는 천생 배우가 아닌가.

그랬던 그녀가 중년 이후에 "과거는 잊고 직업인으로서 내 일에 충실하자"는 쪽으로 마음을 먹고 지금까지 걸어왔다. 그런 그녀에게 박수를 쳐 주지 않을 이유는 하나도 없다.

지지 않는다
─ 최수종 배우

아버지가 세상을 떠난 뒤에 닥친 추위에
떨지 않았다
아버지, 어머니가 깊게 포옹할 때를
기억해서다

청춘의 별들 옆에 함께 서서도
눈을 깜박이지 않았다
스스로 반짝이며 그 별이 되리라고
다짐해서다

수 백 년 전의 왕관을 쓰는 무거움에도
고개 숙이지 않았다
가다듬고 또 가다듬은 목청의 무게로
견뎌서다

피부를 주름지게 하는 세월의 공격에도
지지 않는다
많이 웃고 자주 울며 나날의 근육을
지켜서다.

"고려는 죽지 않는다. 우리는 승리할 것이다. 우리는 죽지 않는다."

드라마 〈고려거란전쟁〉(2023~2024)에서 강감찬 장군이 독백처럼 중얼거리며 병사들을 독려하는 말이다. 이 대사를 듣는 순간, 몸에 소름이 돋았다. 강감찬 역을 맡은 최수종 배우가 그만큼 절실하게 연기한 덕분일 것이다.

최 배우는 사극에서 주로 왕 역할을 했다. "고종, 순종 다음에 수종"이라는 우스개가 있을 정도이다. 〈고려거란전쟁〉에서 예외적으로 신하 역할을 했는데, 드라마의 인기를 견인했다는 평가를 받을 정도로 훌륭히 해냈다.

최 배우는 승부가 걸린 일에서 꼭 이기고 싶어 하는 것으로 알려져 있다. 순후한 인상과는 다르다. 젊은 시절에 아버지의 타계로 인해 겪었던 고통을 이겨내야 했다는데, 그런 경험으로 인해 승부욕이 몸에 배인 것인지도 모른다.

오래전, 서울아산병원 원장실에 갔다가 최 배우를 본 적이 있다. 당시 원장인 민병철 박사는 최 배우가 자리를 떠난 후에 "난치 환자들을 위해 남모르게 기부와 봉사를 한다"라며 칭찬했다. 이후에 그의 활동을 유심히 지켜보게 됐다. 그 칭찬에 걸맞은 길을 꾸준히 걷는 것을 알 수 있었다.

범신에 닿기
― 박찬욱 영화감독 겸 사진작가

무당에 놀아난 자를 돌로 쳐라!
이렇게 소리쳤던 자들은
팔매질을 멈추고
그의 사진 앞으로 걸어가라

저녁 산책길에 만난 파라솔이
하얀 유령의 검은 눈을 하고 있구나
풀 위의 돌멩이가 무덤의 상석이 되고
사람을 앉히는 소파가 표정을 짓는다

캄캄한 세상에서 어찌 사랑을 꿈꿀까!
속절없이 잔인한 유전인자로
한숨 쉬었던 자들은
그의 영화 속으로 들어가라

발가벗은 몸의 이야기들이
씻김굿으로 헹구어질 때
살이 찢기고 피가 흐르며
너와 나의 시간을 한없이 품는다.

"영화 시사회 때 화장실에서 만나고 못 뵈었는데, 여기서 뵈니 반갑네요." 그의 사진전이 열린 건물 옆 레스토랑의 승강기에서였다. 벽만 쳐다보기가 민망해 무슨 말인가 찾다는 것이 하필이면 화장실 이야기를 꺼냈다. 다행스럽게도 그가 "아, 네"라고 답하며 미소를 지었다. 전혀 기억도 못하는 일이겠으나 상대가 알은척 하니 자기도 예의를 지켜준 것이다. 박찬욱 감독. 이런저런 자리에서 조우한 그는 유명 예술인에게서 흔히 나타나는 젠체가 없어 보였다. 그게 더 오만한 것인지는 모르겠으나.

그는 주변 사람들에게 예의와 도리를 다하고 싶어 하는 류의 사람인 듯싶다. 그러니 투자자들의 돈과 제작진의 품이 많이 들어가는 영화를 만들 때마다 그 성과에 대한 부담이 클 것은 자명하다. 혼자 하는 사진 작업에서 자유를 느끼는 것은 자연스러운 일이겠다.

그의 영화는 인간의 욕망을 깊고도 넓게 다룬다. 그것들을 보고 나면 삶과 세상을 더 이해할 수 있을 것만 같은 생각이 들곤 한다.

그의 사진은 세상 만물에 생명을 부여한다. 이것들을 보고 있으면 내 주변의 하찮은 것들을 모두 사랑하고 품을 수 있을 것만 같다.

이별이 낳는 것은

— **故** 강수연 배우

이별이 낳는 것은 그리움만은 아니다
짧았던 날이어서 그토록 뜨거웠구나
결국은 다 탔구나

이제야 저들이 질시의 칼날을 거두고
저녁노을에 서서 술잔을 기울인다
당신을 할퀴었던 입들이 단술을 쏟아낸다

푸른 나무의 그늘 아래서
당신의 꿈은 늘 여리게 숨 쉬었건만
저들은 일찍 얻은 화관에 당신을 가두었구나

아직 태어나지 않은 꿈속에도
당신이 살아 숨 쉬니
남아 있는 자들을 위해 또 무얼 주고 있구나

메멘토 모리, 메멘토 모리.

강수연 배우가 지난 2022년에 55세로 세상을 떠났을 때 가슴이 먹먹했다. 그 때 그녀가 출연했던 영화들을 다시 봤다. 그 중 〈추락하는 것은 날개가 있다〉가 유독 여운이 길었다. 주인공 윤주가 세상을 마감하는 엔딩은 다시 봐도 강렬했다. 윤주의 삶은 세상의 관점에선 요절이지만, 가혹한 운명에 자기 식으로 맞서다가 다 타버린 게 아닐까 싶다.

강수연 배우도 불꽃같은 삶을 살다가 떠났다. 그러나 그녀의 실제 생애는 자신이 연기한 윤주처럼 부나방 같지 않았다. 그녀가 배우로서 전성기를 누리던 20, 30대에 여러 매체와 인터뷰를 한 동영상들을 되돌려보며 새삼 느꼈다. 얼마나 철저하게 자기 관리를 하는 배우인지를.

지난 2010년 부산국제영화제 전야제에서 봤던 그녀의 모습이 지금도 선연하다. 선배인 김지미 배우의 팔짱을 끼고 사람들을 헤쳐 지나가던 장면. 김지미 배우는 2000년쯤에 미국으로 떠난 후 고국과 연을 끊고 있었다. 그 해 영화제 회고전 주인공이긴 해도 외로울 수밖에 없는 처지였는데, 그 옆을 '월드 스타' 강수연이 지켜준 것이다.

그녀가 세상을 떠나자 생전 공격을 해댔던 사람들도 추모의 말을 쏟아냈다. 그녀와 갑작스럽게 이별을 하게 된 세상 사람들이 이런저런 성찰을 하게 된 것은, 대배우가 남긴 마지막 선물일 것이다.

풍염한 전설을 함께 짓다

― 김혜수 배우

그의 나무도 이름을 하나만 지녔으나
하늘은 가상의 수많은 이름을 허락하고
그 명패들이 세상의 바람을 만날 때
사람들이 그걸 보며 울고 웃기를 바랐다

바람이 멈춘 적은 한 번도 없었으나
밖으로 꺾이거나 부러지지 않은 채
그는 때마다의 명패를 너끈히 매달고서
이름마다 펄럭이게 하고 홀홀히 보냈다

나무는 삼십 년 넘게 사철 제 빛을 낼 뿐
굳이 꽃과 열매를 자랑한 적은 없었으나
사람들은 그의 불굴의 시간들을 사랑하여
그와 함께 당당하고 풍염한 전설을 지었다.

김혜수 배우는 '전설'이라는 말에 어울리는 예인이다. 1970년생이니 백세시대의 절반을 겨우 넘긴 셈이지만 그런 예우를 받을 만큼의 행보를 보였다.

그녀가 연기를 하거나 프로그램 진행을 할 때, '천의무봉天衣無縫'이라는 말이 절로 떠오른다. 타고난 예인이기도 하지만, 맡은 일을 잘 다스리기 위해 사전 준비를 철저히 하는 덕분일 것이다.

사진작가인 박상훈 형이 촬영한 김 배우 사진은 그녀만이 갖고 있는 매력을 드러냈다는 평을 들었다. 타인의 시선을 사로잡는 관능미를 뿜어내면서도 자의식이 우러나는 시선 처리를 통해 자유로움이 함께 배어나오는 작품이다.

김 배우는 틈날 때마다 독서를 하는 것으로 알려져 있다. 그런 점에서 그가 좋아하는 선배인 최불암 배우를 닮았다.

언전에 최 배우가 주최한 모임에서 그녀를 만난 적이 있다. 와인을 곁들여 대화를 나누는 자리였는데, 그녀는 역시 세상과 사람에 대해 자신의 의견을 솔직히 전하는 스타일이었다. 그러면서도 선배인 최 배우에 대한 예의를 깍듯이 지키는 모습이었다.

대중문화계 후배들이 김 배우를 롤모델로 삼는다는 이야기를 많이 듣는다. 그녀의 전설이 과거형이 아니라 현재형으로 진행되기 때문일 것이다.

적요를 어루만지며

－ 이정재 배우 겸 감독

당신 집 거실에 걸려 있었다는
칸디나 회퍼의 사진은
화려한 궁전에서 고즈넉함을 건진 것
시간을 가로지르는 이야기들을
수많은 얼굴로 상대하며
당신 안에서 적요의 갈망이 자랐던 것인가

이야기 속 새 세상에 빠져 들어가기 전
침묵으로 침잠한다는 당신이
여기저기서 떠받들어질 때
온갖 입들의 찬사로부터
고즈넉함을 어떻게 지키는지
나는 알 수 없으나

가을과 겨울이 이어지며
저녁노을이 어깨에 묻어올 때
자기 안의 적요를 사랑스럽게 어루만지며
천천히,
아주 천천히 늙어가는 당신을
오래 오래 보고 싶다는
내 마음은 안다.

드라마 〈오징어게임〉(2021)을 계기로 세계적으로 이름이 알려진 이정재 배우. 대중문화 스타인 그는 미술 애호가로도 손꼽힌다. 국립현대미술관 홍보대사를 했을 정도이다.

그의 학교 동창인 한 미술계 인사로부터 "고교 때 아트반에 함께 속해 있었다"는 이야기를 들은 적이 있다. 아트반은 미술과 음악을 주로 공부하는 학급이었다.

그는 항상 톱 배우였으나 "한물 갔다"라는 소리를 들었던 때도 있었다. 20대 말부터 30대 중반까지 다양한 작품에서 주연을 했지만, 흥행과 비평에서 큰 성과를 거둔 작품이 드물어서였다. 그러나 그는 절치부심한 끝에 〈하녀〉(2010)로 변신을 시도하고, 〈도둑들〉(2012)로 재기에 성공했다. 2013년 작 〈신세계〉와 〈관상〉은 그가 카리스마가 폭발하는 연기력의 소유자임을 보여줬다. 2년 후 나온 〈암살〉에서는 친일파 염상진 역을 소름 끼치게 해냈다. 〈오징어 게임〉의 성취는 그런 공력이 쌓여서 자연스럽게 나온 결실이었다.

그가 연출에도 도전했다. 감독으로 이름을 올린 첩보영화 〈헌트〉(2022)가 칸 국제영화제 미드나잇 스크리닝에 초청되기도 했다. 인생의 가을을 앞두고 예술 영역을 더 넓혀가고 있는 것이다.

비밀의 햇빛에 갇히지 않고

― 전도연 배우

그 분의 비밀스러운 햇빛이
어디에 비칠지 언제나 불안하지만
거기 갇히지 않았기에
햇빛이 당신을 따라왔다

빛이 당신을 비칠 때도
그 분의 뜻을 헤아리며 떨기보다는
크든 작든 당신의 걸음을
앞으로 옮기고자 했다

빛을 가리키던 손가락들이
당신을 찌를 수 있다는 걸 알지만
그 불안도 견뎌야 할
시간으로 끝내 품었다

여전히 궁금한 내 안의 것을
이 세상에서 더 써버리고 싶기에
어떤 틀에도 갇히지 않고
자꾸 자꾸 앞으로 나아간다.

"와우, 정말 상큼하구나!" 전도연 배우를 처음 봤을 때, 감탄을 절로 흘렸다. 영화 〈내 마음의 풍금〉 시사회에서였다. 문화일보홀에서 영화를 상영하기 전, 무대에 오른 그녀의 모습은 극 중 17세 소녀 홍연처럼 앳되고 귀여웠다.

그게 1999년이었다. 비슷한 시기에 출연한 영화 〈해피엔드〉는 정 반대쪽의 이미지였다. 세기말 가정의 붕괴, 기존 가치관의 해체를 주제로 삼은 이 영화에서 그녀는 욕망이 넘치는 여주인공 역을 맡아 과감한 성애 연기로 화제를 모았다. 이처럼 폭넓은 연기 폭을 지닌 그녀는 당연히 한국 대표 배우로 자리매김했다.

그녀는 어렸을 때 꿈이 '현모양처'였다고 한다. 친구를 따라 우연히 대학 방송연예학과에 지망한 것을 계기로 배우로 살게 됐다. 그녀는 한 예능 프로그램에서 "자존감이 낮다"라고 고백했다. 외모와 재능이 빼어난 인물들이 많은 연예계에서 자신의 존재가 특별하지 않다는 자각이 있어서일 것이다. 그녀는 그러나 "내 일에 최선을 다하기 때문에 당당하지 않을 이유가 없다"라고 덧붙였다. 그 말에서 연예계의 풍랑 속에서 톱 배우를 오래 지켜온 공력이 느껴진다. "나이에 갇히지 않고 나를 더 소모하고 싶어요."

3부

이십 오년의 조각

— 그룹 god

무슨 일을 십 년 쯤 하면
한다고 말할 자격이 생긴다더라
이십 오년의 시간 동안
늘 함께였던 것은 아니지만
다시 모여 산티아고 길을 걸었듯
한 순간, 또 한 순간
다섯 남자 빛의 조각을 모아왔으니
마스터피스라고 스스로 불러도
오늘은 넘치지 않는다

지금 돌아보는 세기말의 가난이
추억일 수 있는 것은
독한 풍문에 떠밀려가지 않고
하늘색 풍선을 지킨 덕분이니
여기서 같이 부르고 같이 뛰며
오늘을 기쁘게 누리자

그 때 그 약속을 아로새긴 조각이
또 다른 이십 오년의 조각으로
이어지길 기다리며.

그룹 god가 3년간 진행한 데뷔 25주년 기념 공연의 장정을 마무리한다. 지난 2023년 11월 서울 올림픽공원 KSPO DOME(체조 경기장)에서 연 그 첫 무대를 보러 갔다가 놀란 적이 있다. "와우, 이렇게 젊은 팬들이 많다고?" 그룹 god 멤버들(박준형·데니안·윤계상·손호영·김태우)의 활동 경력을 생각할 때, 올드 팬이 주된 관객일 줄 알았는데 그렇지 않았다. 20대, 혹은 30대로 보이는 젊은이들이 공연장에 들어가기 위해 줄을 지어 기다리는 모습이었다. 이들은 god의 상징인 하늘색 형광봉을 들고 한껏 설레는 표정을 하고 있었다.

공연장에 들어가서 보니 올드 팬들이 곳곳에 자리하고 있긴 했다. 중년으로 보이는 남녀 관객들은 젊은이들 사이에서 그들의 환호에 맞춰 함께 소리를 지르고 노래를 불렀다. 공연자인 god가 이끄는 대로 자리에서 일어나 춤을 추기도 했다.

20세기말에 데뷔한 그룹 god가 21세기에 세대 간 소통을 이뤄낸 모습이라고나 할까. 그런 생각을 하니까, 다섯 멤버가 각자의 사정으로 헤어졌다가 다시 모여서 공연을 한 의미가 각별하게 느껴졌다.

헤어질 수 없는 향기
— 박해일 배우

비누 냄새를 풍기던
소년 기타리스트가
국화꽃 향기를 맡을 때
뭘 할지 몰라 배회한 시간들도
앞으로 가지를 뻗었다

어딘가 갈 곳을 찾는
수많은 이름 중
자기 안으로 들어온 것은
온 힘을 다해 껴안았다
좋거나 나쁘거나

남이 부르는 목소리 크기로
스스로를 재지 않았기에
아무도 찾지 않을 거라는
두려움의 감염을
막을 수 있었다

세월은 흔적을 남기고 흘러갈 뿐
떨리는 가지에 머무르지 않는다
안개가 짙을수록
헤어질 수 없는 향기는
껴안은 시간 속에 맴돈다.

영화 시사회 무대에서 박해일 배우를 볼 때마다 미소년 같다는 생각을 했다. 해사한 얼굴과 날렵한 몸매 때문이었을까. 도무지 나이를 먹을 것 같지 않은 모습이어서 〈와이키키 브라더스〉(2001)의 밴드 소년 성우를 떠올리게 했다.

그는 〈살인의 추억〉(2003)에서 용의자 역을 맡은 이후 한동안 음울한 이미지를 데리고 다녔다. 다수의 로맨스 영화를 찍으며 그걸 벗어났다. 여러 겹의 캐릭터를 창출해낸 덕분이다.

〈최종병기 활〉(2011)과 〈남한산성〉(2017)에서의 그는 거대했다. 남성 체구로는 왜소해 보였던 그가 극중 인물을 통해 압도감을 선사한 것은, 연기자로서 내면세계를 꾸준히 키워온 덕분일 것이다.

그는 〈한산: 용의 출현〉(2022)에서 대사 몇 마디 하지 않으면서도 묵직한 존재감을 발했다. 약간 앞서 개봉한 〈헤어질 결심〉(2022)에서는 변사 사건을 수사하는 형사 역을 맡아 사망자의 아내에게 하릴없이 끌리는 모습을 다층적으로 보여줬다.

40대 중반에 다다른 배우 박해일에게 미소년의 이미지는 더 이상 없다. 그러나 세상과 사람에 대해 여전히 진지하고 순정적인 모습이 남아 있다. 그것이 시간의 공력과 어우러지며 훨씬 더 농익은 연기를 보여주지 않을까.

에코 지니의 가방

− 박진희 배우

그녀가 에코백에 넣어 갖고 다니는 걸
누구는 믿음이라 부르고
누구는 고집이라고 한다
대나무 칫솔, 텀블러, 휴대용 비누
그리고 뽑아 쓰는 손수건….
누가 무엇이라 부르든
그녀에겐 사랑이다

사람 사는 땅에서 함께 호흡하는
꽃과 나무가 눈물겨워
어머니가 보듬어 준 것
하늘과 바다도 살아 숨 쉬도록
내내 지키고 품어
아이에게 전하고 싶은
그녀에겐 사랑이다.

박진희 배우가 브라운관에 데뷔한 것은 만 18세였다고 한다. 1996년 한국방송 공사의 청소년 드라마에서였다. 이후 영화 〈여고괴담〉, 〈하면 된다〉, 〈궁녀〉, 〈만남의 광장〉 등에서 활약했다. 드라마 〈쩐의 전쟁〉, 〈자이언트〉, 〈구암 허준〉, 〈리턴〉 등에서도 열연을 펼쳤다. 결혼과 출산을 하면서 연기 휴지기를 갖기도 했으나, 복귀 후 더 원숙해진 연기를 선사하고 있다.

그녀를 지난 2010년 영화 〈친정 엄마〉 개봉 때 만난 적이 있다. 당시 만 32세의 배우는 소탈한 말투로 이렇게 말하며 웃었다. "제가 그렇게 예쁜 배우는 아니잖아요. 거울 보면서 스스로 깜놀하며 예쁘구나, 그럴 때가 없어요." 실제론 빼어난 외모를 지녔음에도 그렇게 말함으로써 미모에 의존하지 않는 연기자임을 분명히 전한 것이다.

그녀는 각종 공익 캠페인에 적극적으로 참여해 기후 위기 극복, 생명다양성 보존 등을 강조해왔다. 방송과 유튜브 채널을 통해 환경을 살리는 방법을 지속적으로 이야기하고 있다. '너무 설친다는 느낌을 주지 않으면서 쉽고 편안하게' 자신이 실천하고 있는 일상의 지혜를 대중에게 전하고 싶다는 게 그녀의 바람이다.

꿈속의 빛

— 탕웨이 배우

1940년대 상하이는 꿈틀거리는 짐승의 뱃구레였다
그 뭉클거리는 걸 상대하며 얼마나 쓸쓸했을까
몸에 딱 달라붙는 치파오는 붉은 술이었다
사내에게 몸을 맡긴 순간에도 외로워하는 그녀를 보며
나는 색에 취해 허청거렸다

고독은 안개 낀 시애틀에도 있었다
흐릿한 빛 속에서도 그 독은 얼마나 뚜렷했던가
걷고 또 걸으며
생각하고 또 생각하며 기다리는 그녀를 보며
나는 독에 취해 허청거렸다

그녀가 서울 인근의 어느 마을에 산다는 풍문은
꿈처럼 희미했으나
머무르고 지나온 시간들이
저희들끼리 어울려
내가 꿈을 꾼 것인지
꿈이 나를 안은 것인지 몰랐다.

탕웨이 배우는 중국 국적을 지키고 있지만, 한국 사람인 듯 친근한 느낌을 준다. 한국 영화계를 대표하는 김태용 감독과 부부의 연을 맺어서 그렇겠지만, 그가 출연한 작품 속에서의 캐릭터가 우리 정서에 공감을 일으켰기 때문이기도 할 것이다.

내가 '인생 영화'로 꼽는 작품 중 두 개가 그가 주연한 작품이다. 그 중 〈색, 계〉는 1940년대 중국 상하이를 배경으로 한 시대극이다. 탕웨이는 2007년에 개봉한 이 작품으로 국제 영화계 주목을 받기 시작했다. 자신이 암살을 해야 하는 적과 사랑에 빠지며 갈등을 겪는 여성 역할을 매혹적으로 해냈다.

또 하나의 작품 〈만추〉는 2011년 작으로 김태용 감독이 연출한 것이다. 극 중 애나의 쓸쓸하고도 아름다운 사랑을 담담하게, 때로는 절실하게 표현해 낸 탕웨이의 연기가 감탄을 자아냈다.

당시 영화 홍보를 위해 한국에 온 탕웨이를 인터뷰했는데, 스크린 속에서와 달리 발랄하고 활기찬 아가씨였다. 눈빛에 장난기가 가득했고, 별로 웃기지 않은 이야기에도 자주 웃음을 지어서 주변을 환하게 만들었다.

2022년에 개봉한 한국 영화 〈헤어질 결심〉에서 그의 원숙한 연기가 빛을 발했다. 약간 어눌한 한국어 발음조차 극의 초국적 울림을 키웠다는 평가를 받았다.

그래도 장미향이 남는다

— 장나라 배우 겸 가수

사람들에게 나눠 줄 장미를 피우기 위해
밤을 새운 노동으로 수척해질수록
성 안팎에서 환호는 커졌다
갈수록 넓어지는 마당에서
너름새로 견딘 시간들은 아랑곳없이
너의 나라가 왔다며
열광했다

그 나라를 키우는 동안에
함께 노래하며 소리쳐 준 이들은
장미의 성을 지키겠다는 수호자였으나
때로는 꽃의 숨을 짓누르는 폭군이었다

기어이 숨길을 잇고 이어
꽃을 피우고 나눠주며
지금껏
손에 남은 향을 누릴 수 있는 것은
그래도
수호자 쪽에 믿음을 걸고
함께 걸어왔기 때문일 것이다.

배우이자 가수인 장나라 씨를 만난 것은 15년 전이었다. 그 때 그녀는 스물여덟의 젊은이였다. 자신이 주연한 영화 개봉을 앞두고 무척 떨린다고 했다. 그 만남을 통해 그녀가 외모에서 풍기는 것처럼 선량하고 여린 품성을 지녔음을 알 수 있었다.

그녀는 2004년 중국으로 진출해 한류스타로 각광받았다. 중국과 한국을 오가며 활동했는데, 고소 공포증 탓에 비행기로 1시간 걸리는 거리를 25시간 동안 뱃길을 이용해야 하는 고충이 있었다고 한다.

그녀가 지금도 대중의 사랑을 받고 있는 것은 반가운 일이다. 드라마 〈나의 해피엔드〉와 〈굿 파트너〉에 잇달아 출연하며 주인공 역을 멋지게 소화했다.

그녀는 '막강 동안童顔'에 어울리게 약간 어린 아이 같은 말투를 지녔다. 그게 다채로운 연기를 펼치는 데 방해 요소가 될 법도 하건만, 끝없이 변신하며 자신의 세계를 넓혀왔다.

그녀는 '희망의 천사'로 불리기도 한다. 어려운 처지의 사람들을 위해 국내외에서 기부를 하는 한편 꾸준히 봉사 활동을 해 왔다. 이는 그의 가족 신조에 따른 것이라고 한다. '사람들에게 장미를 나눠주면 내 손에 장미향이 남는다.'

하트 수세미

— 한혜진 배우

뜨개질로 만든 일곱 가지 수세미는
알록달록한 꿈을 닮은 모양일 것이다
당신이 만들고픈 하트 수세미 세상은
남의 말 그늘에서 키울 수는 없기에
오로지 당신의 빛으로 꽃밭이 환하다

그 꽃밭에서 힘껏 이뤄 온 별의 세상
그걸 지키는 것만 해도 가득하겠으나
당신은 쓸쓸한 젊은이의 허기를 달래고
고된 하루를 보낸 이의 어깨를 두드린다

오직 한 분이신 그의 심장을 뛰게 하고
스스로를 웃게 하는 일임을 당신이 믿기에
하트 수세미 화단에서 배어나오는 향기가
오늘 이세상과 꿈세상에 함께 확– 번졌다.

"당신이 만난 배우들 중에 가장 인상이 좋았던 사람은 누구냐?" 언론사에서 대중문화팀장을 지냈던 나에게 이렇게 묻는 이들이 있다. 그럴 때 이런 저런 연기자들을 언급하는데, 꼭 빼지 않고 거명하는 이가 한혜진 배우이다. 그녀와는 두 번 만나서 인터뷰를 했고, 역시 두 번쯤 전화 통화를 했을 뿐이다. 그럼에도 좋은 인상을 준 배우로 꼽는 데 주저하지 않는다.

고교 때부터 '얼짱'으로 불렸던 미모의 힘이 크긴 할 것이다. 그런데 단순히 예쁘다는 것을 넘어서는 선한 기운이 얼굴에서 뿜어져 나온다.

그녀는 봉사 활동을 꾸준히 하며 그리스도의 사랑을 실천해 온 대표적 배우이다. 근년에 그녀가 참여하는 예능 프로그램을 보면, 그런 캐릭터를 반영하고 있다. 배우는 다채로운 성격을 지녀야 하는데, 그녀의 캐릭터가 고정되는 것은 아닐까 하는 우려가 있긴 하다. 그러나 그녀는 영화와 드라마에서 참으로 다양한 연기를 해 왔다. 앞으로도 그렇게 세상의 온갖 인물들을 연기하며 사람들의 희로애락을 펼쳐낼 것이다.

그녀는 대한민국 축구 국가대표 선수였던 남편과의 일상조차 입에 오르내리는 유명인이다. 그런 시선을 늘 받아야 하는 것은 힘든 일이지만, 잘 다스려 가리라 믿는다.

언제나 해피엔딩

– 전미도 배우

세상은 거대한 연극 무대
낯선 장면마다 막막하고
저마다 한 생애의 대본이
어떻게 끝날지 모르지만
슬기로운 당신의 배우는
끝이 궁금하지 않은 듯
지금 여기 모든 걸 바쳐요
그래서 ~어쩌면 해피엔딩

미도는 평생 가는 본명
송화는 스치는 인연이라
함부로 말하지는 마셔요
그녀는 둘 다 품에 안고
잘 하는 노래 못하는 양
베이스기타 새로 배워서
미도와 파라솔에 섞여요
그래서 ~어쩌면 해피엔딩

의사에게 눈물이 있다는
판타지를 만들어낸 것은

나는 잠시 잊어버린 채
아픔을 껴안는 마음이죠
무대 인물로 살기 위해
나를 지워내는 시간이
힘들수록 꼭 보듬어줘요
그래서 ~언제나 해피엔딩!

김문정 음악 감독의 콘서트에서 전미도 배우가 노래 부르는 것을 들었다. 사람들이 그녀의 가창력을 왜 그토록 칭찬하는지 알게 되었다. 그녀는 드라마 〈슬기로운 의사생활(슬의생)〉에서 음치이면서도 노래를 즐겨 부르는 의사로 나오는데, 음이탈 연기를 천연덕스럽게 해낸다. 스스로 즐거워하는 게 느껴진다.

그녀는 뮤지컬 〈원스〉에 출연할 때 전혀 몰랐던 피아노 연주를 새로 배워서 완벽하게 연기했다는 평을 들었다. 드라마 〈슬의생〉에서는 출연 전 베이스기타를 새로 익혀서 극중 그룹인 '미도와 파라솔'에 참여했다.

그녀는 〈슬의생〉을 통해 대중에게 더 많이 알려졌다. 그 덕분에 "너는 언제 TV에 나오느냐"고 묻곤 했던 가족들에게 면목이 섰다고 한다. 뮤지컬과 연극 무대에서 정상 반열에 있는 배우도 드라마에 출연해야 가족의 인정을 받는다는 긴 씁쓸한 현실이다.

그녀는 〈슬의생〉 시즌1을 끝낸 직후에 뮤지컬 〈어쩌면 해피엔딩〉에 출연했을 정도로 무대 연기에 대한 애정이 깊다. 앞으로도 TV와 연극-뮤지컬 무대를 오가며 다채롭게 활약했으면 좋겠다.

탄생

— 윤시윤 배우

탄생은 죽음을 예비하는 것
사라졌다가 다시 나타나
살았다가 또 죽는 일을
반복하는 것이
어찌 두렵지 않을까
눈물 너머로 보이는 것이
진짜 세상임을
렌즈 앞에서 헤아린다고
길을 잃는 날이
어찌 오지 않을까
그분에게 의지해
종려나무 가지를 흔들며
호산나! 나아갈 때에도
늘 살아있는 쪽에만
서 있을 수 없겠으나
새로 태어나는 일을
멈추지 않겠다는 그대
알 수 없는 내일을 기다리며
오늘 만나는 모든 것들에
미소를 보낸다.

"성인聖人의 얼굴을 가졌다." 윤시윤 배우를 볼 때마다 프란치스코 교황이 그에게 했다는 말이 떠오른다. 그는 2022년 11월 이탈리아 로마 바티칸에서 교황을 만났다. 영화 〈탄생〉의 출연진과 함께였다. 그는 〈탄생〉에서 한국 최초의 사제인 김대건 신부 역을 했다.

성인의 얼굴을 지녔다고 말한 게 배우에게는 칭찬이 아닐 수도 있다. 천변만화하며 다양한 역할을 소화해야 하는 연기자가 고정된 이미지에 갇혀 있으면 안 되기 때문이다.

윤 배우는 그런 걱정이 기우에 불과하다는 것을 드라마 〈녹두꽃〉의 악역과 〈싸이코패스 다이어리〉의 코미디 연기로 이미 증명했다. 자신을 스타덤에 올린 〈제빵왕 김탁구〉에서의 반듯한 이미지를 갖고 가면서도 다채로운 역을 너끈히 소화해왔다. 예능 프로그램에 고정 출연해서 밝으면서도 엉뚱한 캐릭터를 선보여 주변을 웃음 짓게 만들기도 했다.

그는 〈탄생〉에 함께 출연한 안성기 배우를 롤모델로 꼽는다. 그가 안 배우처럼 시간의 공력을 쌓아서 더 많은 사람들에게 사랑 받는 연기자가 됐으면 한다.

머무르지 않는다는 것

― 한효주 배우

머무르지 않는다는 것은
꼭 나아간다는 뜻은 아니지만
어제에 기대지 않는다는 것이며
오늘의 외로움과 동행한다는 것이다

보이지 않는 뒷면에서 온힘을 들여
앞면으로 자신의 색을 밀어보이듯
남다르게 쌓아온 시간의 공력으로
슬기를 품은 백지를 짓는 것이다
그 백지에 천 개의 그림을 그리기 위해
어디로든 여행을 쉬지 않는다는 것이다

머무르지 않는다는 것은
꼭 새 길로만 간다는 것은 아니지만
매번 길 위의 얼굴이 달라서
그 모든 얼굴로 한 사람을 이루는 것이다.

지난 2009년에 한효주를 처음 봤다. 영화 〈천국의 우편배달부〉 시사회에서였다. 2006년에 데뷔해 막 스타로 발돋움하고 있던 그는 웃는 얼굴이 상큼한 젊은이였다.

드라마 〈동이〉로 MBC 연기대상에서 '대상'을 받은 것이 이듬해였다. 영화 〈감시자들〉로 청룡영화제 여우주연상을 받은 것도 그 즈음이었다. 이후 영화와 드라마에 꾸준히 출연하며 자신만의 연기 역사를 만들어왔다.

그녀는 평소 "작품마다 얼굴이 달라서 '이 사람이 그 사람이었어?'하는 느낌을 주는 배우가 되고 싶다"고 했다. 그런 점에서 디즈니+ 채널의 드라마 〈무빙〉(2023)은 그녀에게 만족감을 줬을 듯싶다. "저 배우가 한효주라고?" 〈무빙〉을 본 시청자 중 많은 이가 이렇게 감탄을 했다. 극 중 안경을 쓴 모습으로 전직 국정원 직원 이미현 역을 한 연기자가 그녀라고 생각을 못한 것이다.

그녀는 어느덧 데뷔 20년에 가까워오는 '중견 배우'가 됐으나 아직 30대 중반이다. 그녀가 고교생 어머니 역할을 그렇게 능숙히 해낼 줄은 나도 몰랐다. 한정된 이미지에 머무르지 않고 자신의 틀을 깨는 모습이 아름답다.

4부

알다가도 모를
— 권유리 배우 겸 가수

그의 다른 이름 흑진주는
반짝이고 반짝이다가도
때로 빛을 감출 줄 알아
손끝에서 친근한 돌멩이가 되어준다

그분이 만져 다듬는 시간들을
얼마나 견디느냐보다
얼마나 즐기느냐에
나날의 결실이 달렸음을 그는 알기에

하나의 몸짓과 소리를
수없이 보고 듣고 되풀이하며
기어이 익숙해지도록 품어서
새로운 길에서 여러 빛을 뿜는다

사랑을 받은 만큼
반짝이고 반짝이다가도
순한 무채색으로 돌아오곤 하니
그녀의 또 다른 이름은
알다가도 모를.

유튜브 방송 〈유리가 만든 TV〉를 보고 있으면 절로 미소를 짓게 된다. 주인공인 권유리 배우 겸 가수의 언행이 친근해서다. 오랫동안 스타로 살아왔음에도 대중과 함께 호흡하는 언행이 질박하다. 특유의 재치와 익살이 사랑스럽다.

그녀가 출연한 예능 프로그램 〈장사천재 백사장 1,2〉를 최근 정주행 했다. 그녀가 주역을 맡았던 사극 〈보쌈-운명을 훔치다〉도 찾아봤다. 과연 사극에 어울릴까 싶었으나, 그 우려를 확실히 깨 버리는 호연이었다.

그녀는 현대극 드라마에 꾸준히 나왔고, 영화, 연극에도 출연했다. 전천후 활약은 인생관과도 관련이 있을 것이다. 얼마나 견뎌낼 수 있느냐가 아니라 얼마나 즐길 수 있느냐에 삶의 결실이 달려있다고 믿는.

지난 2012년 프랑스 파리에서 열린 K-팝 페스티벌에 취재를 하러 갔다가 소녀시대 멤버로 참여한 유리를 본 적이 있다. 세계에 한류를 전하는 스타답게 화려하게 반짝이면서도 어느 구석에 담백한 느낌을 주는 인상이었다.

그녀는 보통 사람들과 쉽게 어울리는 건강성을 지녔으면서 때로 패션 화보의 주인공으로 섹슈얼한 모습을 과시한다. 워낙 다양한 이미지를 보여주기 때문에 팬들은 그녀를 알다가도 모를 사람이라고 한다. 이토록 어지럽게 변하는 세상을 유쾌하게 헤쳐 나가는 묘법이 거기에 있을 것이다.

중심의 자격
— 임윤아 배우 겸 가수

춤추며 노래하는 것이
평범한 날을
빛나게 하는 일임을
진즉 알았기에
푸르렀던 시간들을
무대에 바치고
그 중심의 무게를 견뎠을 것이다

남의 삶을 살며 울고 웃는 연기로
꿈을 꾸는 날들도
예감했기에
스스로 빛나서
주변을 비추며
중심의 자격을 지켰을 것이다

밝은 빛은 꺼뜨리려는 자들이
득시글대는 악다구니 세상에서도
누군가에게
하루치 기쁨을 선물하는 일로
이드거니 환할 수 있을 것이다.

배우 임윤아와 가수 윤아는 동일 인물이다. 지금은 배우로 더 유명하지만, 한때 세계를 주름잡은 아이돌 그룹 소녀시대(소시) 멤버로 이름을 떨쳤다.

내가 지난 2012년 취재했던 파리의 K-팝 페스티벌의 중심은 소시였고, 무대의 센터에는 언제나 윤아가 있었다. 만 스물 두 살의 윤아는 리드댄서와 서브보컬 역을 능란하게 수행하며 그룹의 중심에서 환하게 빛났다.

그녀는 소녀시대로 데뷔했던 2007년에 이미 연기자로도 얼굴을 비쳤다. 〈9회말 2아웃〉이란 드라마였다. 2008~2009년 KBS 드라마 〈너는 내 운명〉에서는 주인공 장새벽 역을 맡았다. 시청률 43.6%를 찍은 이 드라마에서 그녀는 배우로서의 가능성을 활짝 열어보였다. 이후 다수의 영화와 드라마에서 탄탄한 연기력을 과시했다.

그녀가 2023년에 출연한 드라마 〈킹더랜드〉를 정주행했다. 가난하지만 씩씩하고 현명한 여성 호텔리어와 출생의 상처로 가슴 속이 멍들어 있는 재벌 아들의 사랑 이야기를 담고 있다. 극의 전개 과정과 결말이 너무도 뻔히 보이지만, 임윤아 배우의 빼어난 연기력이 그걸 메워주고 있다. 〈킹더랜드〉에서의 그녀를 보고 있으면, 앞으로도 한국 연예계 센터로 사랑받으리라는 믿음이 든다.

그래도 오늘의 나는
— 서현 배우 겸 가수

하늘이 세상에 보낸 들꽃이니
온힘을 다해 꽃을 피워내야지
그렇게 열두 살 어린 시절부터
바람의 숨결을 노래로 배우고
나비의 몸짓을 춤으로 익혀서
모든 시간을 꽃으로 피워냈다

서울에서 폭죽처럼 터진 환호
도쿄에서, 뉴욕과 파리에서도
춤과 노래로 한껏 날아올라서
세상은 소녀시대로 신이 났지
십 년의 향기가 사라지기 전
1막 무대를 멈추고 내려왔다

이제 홀로 꽃피워야 하는 시간
내 마음에 더 귀를 기울일 걸
예전의 나를 토닥여주고 싶네
그래도 오늘의 내가 있는 건
꿈꾸며 불안했던 야생의 시간
바람과 나비를 만난 덕분이지.

2012년에 케이팝 그룹의 파리공연 취재를 할 때, 특별히 좋았던 것은 〈소녀시대〉의 서현(본명 서주현)을 본다는 것이었다. 당시 서현은 소녀시대 막내로서 순진하고 귀여운 언행으로 팬들의 사랑을 받았다.

그런데 직접 본 그녀의 모습은 스타 연예인들이 흔히 그러듯 도도한 느낌을 풍겼다. 유명인들을 취재하며 겉으로 보이는 이미지에 비해 까칠하고 오만한 경우를 많이 봤는데, 그녀도 그런가 싶어서 다소 실망을 했다.

나중에 생각이 바뀌었다. 서현이 연기자로 변신한 후에도 특유의 성실성으로 제작진을 편하게 해 준다는 이야기를 들었기 때문이다. 작품 제작 중 예기치 않은 일로 불편한 상황이 되어도 그녀는 묵묵히 참아냄으로써 '주연배우로서 책임감이 있다'라는 평판을 얻었다.

1991년생인 서현이 기획사 SM엔터테인먼트 오디션에서 동요 〈들꽃 이야기〉를 불러서 연습생이 된 게 12세 때라고 한다. 그녀는 어린 시절부터 수련의 시간을 견디며 춤과 노래를 익혀 세상 사람들을 기쁘게 해 줬다.

그동안 강산이 두 번 바뀔 만큼의 시간이 흘렀고, 그녀는 배우로 변신했다. 기대와 우려가 섞인 시선 속에서 그녀는 드라마와 영화에 꾸준히 출연하며 제 자리를 착실히 만들어가고 있다.

멈추겠다는 말은 하지 않았다

― 임지연 배우

멋지다, 연진아!
여름 오기 전
야릇한 꽃봉오리가 터졌구나
너의 계절이 오기까지
얼마나 자주 눈물을 뿌려야 했니

길을 타고난 그들이 사철 앞으로 달릴 때
너는 가진 것 없이 뒤로 걷는 느낌이었어도
걷고 또 걸으며
멈추겠다는 말은 하지 않았다

그 겨울에 너와 동행한 눈물이
봄을 흘러서
새로운 계절의 꽃거름이 될 것을
누가 알았겠냐만

멋지다, 연진아!
지금 피어난 웃음이
여름 지나 가을까지
너의 꽃봉오리를 지킬 것이다.

임지연 배우를 생각하면 늘 고맙다는 느낌이 앞선다. 지난 2015년 내가 일하는 매체의 추석 특집에 기껍게 출연해준 적이 있기 때문이다.

임 배우를 처음 본 것은 그 전 해였다. 그녀가 영화 데뷔작 〈인간 중독〉과 관련한 인터뷰를 하며 홍보에 애쓸 때였다. 영화 담당 기자와 함께 와서 당시 문화부 데스크였던 내게 인사한 것이었는데, 예쁘고 순한 인상이었다. 나중에 〈인간 중독〉을 보고 놀랐다. 그런 순백한 얼굴로 이렇게 강렬한 캐릭터를 연기하다니… 영화는 흥행에 크게 성공하진 못했으나, 그녀가 대배우가 될 것이라는 기대를 갖게 했다.

이후 임 배우가 드라마와 영화, 예능 프로그램에 출연할 때마다 응원하는 마음이었다. 넷플릭스 드라마 〈더 글로리〉의 박연진 역을 통해 큰 주목을 받게 됐을 때 혼자서 고개를 끄덕거렸다. 그녀는 어쩌면 저렇게 나쁜 인간일 수가 싶을까 정도의 악역을 능숙하게 해 냈다. 극중 대사 '멋지다, 연진아!'가 화제가 된 것은 그만큼 배역에 잘 녹아들었던 덕분이다.

그녀는 재능을 타고난 연기자처럼 보였다. 그러나 드라마가 끝난 후의 인터뷰에서 "배우 생활을 하는 동안 나는 왜 타고나지 못했지, 라며 자주 울었다"라고 했다. 그래도 연기를 포기하겠다는 말은 절대로 하지 않았다고 되돌아봤다.

여름 꿈에서

― 이세영 배우

붉은 옷소매 끝동에 웃음기 매달고
초록빛 여름 속을 뛰어가는 생각시
다른 계절을 만난 이들에게도
여름물을 뚝뚝 흘려주고
누군가의 손이 가리키는 길보다
스스로 택한 쪽으로 가겠다니

생이 달콤하면 오지 않을 취생의 시간
그에게도 당도한들
순간을 영원으로 만들겠다며
흔들리는 몸을 세우고

남이 울면 함께 울며
얼어붙은 땅을 녹여
사철 꽃을 피우리라는 꿈에서

온통 환하다.

배우들의 얼굴을 인물화로 그려보면 그 특징이 잘 드러난다. 이세영 배우의 얼굴을 그려보니 이목구비가 뚜렷한 게 실감났다. 그런데 입을 실제보다 크게 그리게 됐다. 그의 시원한 웃음을 무의식 속에서 강조하고 싶었던 듯싶다.

그녀는 서른이 갓 넘은 배우이지만, 연기 경력은 25년에 달한다. 아역 배우 출신이기 때문이다.

아역 때부터 당찬 연기력으로 주목받았던 그녀는 성인이 된 후에도 탄탄한 공력을 보여주고 있다. 박은빈, 김유정 등과 함께 외모와 연기가 '정변'한 배우로 꼽힌다.

2017년 드라마 〈월계수 양복점 신사들〉에서 대중들에게 그 이름을 각인시킨 후 현대극과 사극을 오가며 큰 활약을 펼치고 있다. 특히 사극 〈옷소매 붉은 끝동〉에서 자신이 선택한 삶을 지키고자 하는 궁녀 성덕임 역을 맡아 깊이 있는 내공을 과시했다. 〈법대로 사랑하라〉에선 왈가닥이면서도 마음이 따스한 변호사 역을 멋지게 소화했다. 〈열녀박씨 계약결혼뎐〉에서 과거와 현재를 오가더니 〈사랑 후에 오는 것들〉에선 일본 청년과 사랑을 하는 한국 여성 역할을 맡았다.

그녀는 장애인 인식 개선 캠페인 등을 비롯한 사회공헌활동에 적극 참여해왔다. 훗날 아이들을 위한 교육재단을 만들고 싶다는 꿈을 갖고 있다.

화로에 던질지라도
— 수지 배우 겸 가수

여름 나무는 그늘이 깊어
바위에 그림자가 어리는 걸
봄날의 그녀가 봤을 리 없으나
독한 단련의 시간들은
그녀의 얼굴에
참 많은 표정을 어른거리게 했다

가을이 다가올수록
단풍의 환호만큼이나
외로움이 동행하는 걸 알아서일까
사람들은 첫사랑을 놓지 않은 채
빛이 다른 만남을 원하고 또 원한다

일기장에도 거짓을 적는 사람들에게
진짜처럼 보이지 않으면
진짜가 될 수 없다는 걸 알면서도
끝없이 훔쳐야 하는 사랑은
하염없이 눈이 내리는 겨울 끝에서
타오르는 화로에 던지고 말지라도
기어이 안고 가야 하는 장작일 것이다.

"정말 예쁘네."

그룹 '미쓰에이' 멤버들이 새 앨범 홍보를 위해 우리 회사에 방문했을 때, 동료들 중 누군가 중얼거렸다. 수지의 미모에 대해서다.

1994년생인 수지는 2010년 '미쓰에이'로 데뷔했고, 2011년 KBS 드라마 〈드림하이〉에서 여주인공 역을 맡으면서 연기활동에도 뛰어들었다. 2012년 영화 〈건축학개론〉에 출연했는데, 극 중 캐릭터가 상큼한 외모에 어울려 '국민 첫사랑'으로 불렸다.

노래를 부르든, 연기를 하든 그녀의 실력이 외모에 가려지는 느낌이 강했다. 그런데 근년에 출연한 작품들에 대한 평은 다르다. 특히 2022년에 방영된 6부작 드라마 〈안나〉는 배우로서의 그녀를 재인식하게 만들었다. 사소한 거짓말이 또 다른 거짓을 낳아서 다른 사람의 인생을 살게 된 여성 캐릭터를 입체적으로 그려낸 연기력이 찬사를 받았다.

어린 시절부터 연예인을 꿈꿨다는 그녀는 10대 초반에 음악 그룹을 찾아가 합류를 청하고 밤낮없이 춤과 노래를 연습했다고 한다. 연예기획사의 연습생 시절에 그녀가 쓴 노트를 보면 이런 말이 적혀 있다. '쓰러져서 병원 갈 정도로 연습하기. 내가 쉬고 있으면 그들은 무언가 배우며 성장하고 있을 것이다.'

그림에 스미다
— RM 가수 겸 미술 수집가

골똘히 그림을 보고 있는
그대의 뒷모습 여기저기
그림 속에 절로 스며들어
오늘 우리의 풍경이 된다

그대의 눈에 물든 색채가
춤과 노래로 반짝거리듯
내 마음이 기댄 풍경도
앞날의 꿈으로 출렁인다.

"문화에 두루 관심이 있다는 걸 보여주려는 젊은 아티스트의 겉멋일 수도 있어요. 그러니 너무 호들갑을 떨지 말고, 보도에 신중을 기합시다."

수년 전 방탄소년단 RM의 미술 사랑이 화제에 올랐을 때, 내가 한 말이다. 당시 언론사 데스크로서 문화부 기자들에게 당부한 것이었다.

시간이 지나면서 RM의 미술 사랑이 특별하다는 것을 인정하게 됐다. 그가 국내외 곳곳에서 작품을 관람하는 모습을 목격했다는 증언이 꾸준히 이어졌기 때문이었다.

이런저런 계기로 RM과 대화를 나눈 미술 전문가들은 하나같이 그의 식견에 놀라움을 표했다. 미술사의 흐름에 정통할 뿐 만 아니라 작가들에 대한 애정도 깊다는 것이었다.

RM은 자신이 미술에서 느끼는 기쁨을 미래세대가 함께 누리길 바라는 듯싶다. 국립현대미술관에 1억원을 기부한 것이 한 증거이다.

RM은 다른 BTS 멤버들처럼 군 복무를 하며 공동체에 헌신했다. 그 보람은 크겠으나, 음악 활동을 중단하고 미술 작품을 만나지 못하는 것은 무척 아쉬운 일이다. 그 때문일까, RM이 그림을 감상하는 사진을 더 유심히 들여다보게 된다. 그 뒷모습에서 그림과 일체화한 아름다움을 느낀다.

내일의 행복

— 문가영 배우

내가 지금 보고 있는 당신의 모습은
우연한 선택으로
만난 것이지만
저 먼 생의 겨울바람으로부터
봄날의 화사함이 이어진 것처럼
아무도 모르는 시간이 쌓였을 것이다

누구나 하루치의 치욕을 견뎌냈다고
내일의 행복을 얻는 것은 아니어서
오늘 견딘 것들이
별 거 아닌 걸 함께 하는 사랑으로 오기까지
앞으로도
혼자서 얼마나 중얼거리며 걸어야할까

어떤 마음은 포기해야 지켜지지만
포기하지 않고 걷다보면
믿을 수 있을 지도 모른다
우연으로 만나는 시간이 쌓여
슬픔의 공간을 채울 것을.

'이 슬픔은 우리가 종착역에 있다는 것을 의미했다. 이 행복은 우리가 함께 있다는 것을 의미했다. 슬픔은 형식이었고, 행복이 내용이었다. 행복은 슬픔의 공간을 채웠다.'

문가영 배우가 자신의 인스타그램에 올린 글이다. 드라마 〈사랑의 이해〉 마지막 촬영 장면을 담은 사진과 함께였다.

문 배우는 근년에 드라마 〈여신강림〉 〈링크: 먹고 사랑하라, 죽이게〉에서 잇달아 주연을 맡았다. 분명한 발음과 탁월한 표정 연기로 호평을 얻어 팬덤이 커졌다.

문 배우는 느닷없이 떠오른 스타가 아니다. 11세 때 영화 〈스승의 은혜〉로 데뷔한 이후 다양한 장르의 작품에 출연했다.

그녀는 독일에서 어린 시절을 보냈기 때문에 독어에 능숙하다. 책을 읽고 토론하기를 즐기는 집안 분위기 덕분에 독서광이다. 그런 지적인 면모가 TV 예능 프로그램과 유튜브 등을 통해 알려졌다. 그걸 좋아하는 이들도 있지만, 잘난 척 하는 게 아니냐는 시선이 있는 것도 사실이다.

문 배우에 대한 찬사가 더 커진다면 그에 따른 시샘도 불어날 것이다. 그래서 현자들은 삶의 고락苦樂 총량이 같다고 했을 것이다. 젊은 그가 꾸준한 걸음으로 대중의 곁에 오랫동안 머물며, '슬픔의 공간을 행복으로 채우는' 배우가 되기를 바란다.

세상의 모든 햇살을 받는 당신이

— 차은우 배우 겸 가수

오월의 햇살 아래 그녀와 정동 길을 걸으며
돌아오지 못할 길을 떠난 그녀의 아들을 생각했고
잊지 못하기에 한 번도 말하지 않는 그 마음이
못내 걸려서 걸음을 몇 번 멈춰야 했다

그날 밤 당신의 눈물을 만났다
친구를 잃은 당신이
괜찮아 보이는 것도 싫고
안 괜찮아 보이는 것도 싫다며
눈시울을 붉힐 때
내 눈도 뜨듯해졌다

세상의 모든 햇살을 받는 당신이
빛을 잃은 이들을 잊지 않으려는 마음을
언제나 잃지 말기를 바라며

나는 그날 밤 잠 속에서
그리운 이를 만날 수 있었다.

아이돌 가수로 출발한 차은우 배우에게는 '얼굴 천재'라는 별명이 있다. 끝 맛한 외모 덕분이다.

차 배우는 빼어난 외모에 가려서인지 연기력이 돋보이진 않는다는 평을 들었다. 그런 이야기를 확 깨버린 게 드라마 〈원더풀 월드〉이다. 2024년 3~4월에 방영한 이 드라마에서 그는 복수에 집착하다가 그 대상과 화해하는 중층의 캐릭터를 너끈히 소화해냈다.

요즈음 각 매체 프로그램과 상업 광고에서 그의 얼굴을 무시로 만난다. 그 얼굴에서 초여름의 싱그러움이 물씬 느껴진다. 그의 삶에 햇살만 가득한 시절인 듯싶다. 그런데 그런 그에게도 상실의 아픔이 크게 자리하고 있다는 것을 어느 토크 프로그램을 통해 알게 됐다. 그는 아이돌 그룹을 함께 했던 한 친구가 세상을 먼저 등진 것에 대해 되돌아보다가 눈시울을 붉히며 한동안 말을 잇지 못했다.

그는 "(친구가 떠난 후) 내가 괜찮아 보이는 것도 싫고 안 괜찮아 보이는 것도 싫었다"라고 했다. 너무나 공감이 가서 절로 고개를 끄덕거렸다.

차 배우가 지금 이대로의 행보를 지속한다면 화려한 영광의 나날을 더 누릴 것이다. 꼭 그러길 바란다. 동시에 그가 세상의 그늘에 대해 깊이 들여다보는 마음을 지켜줬으면 한다.

부록
Appendix: Poems traslated into English 영역 시

Translated by Kim Kooseul / Darcy Paquet

A Dream for Dance, Nabilera

춤의 꿈, 나빌레라 — 박인환 배우

'Twas a night, snowing;

The young man danced crying

For Him having lost his memories

On the sidewalk in front of the bench at the park.

While the young man repeated

Jumping up in the air

And stepping down on the ground

He could recollect

That he gave his word

As if patting his own shoulders like this:

It would be okay if I lose

I'd like to start, though.

At the age of seventy six

When both bones and muscles all gone hardened,

Being a ballerino was a reckless challenge;

But a happy moment, giving a heart-throb.

Since I was twenty, have disguised myself

And played plenty of roles for over a half century

My dream still challenges for a new role,

Not old but as green as ever.

The Time of Every Way is the Beginning
그 모든 시간이 — 윤여정 배우

You who carried the light arisen

From the west to the east

Saying it is not your crowning moment

The light spread out evenly

Pleasant or enraged

Sad or joyful

A leading or a supporting

Or sometimes even a minor role

That every single moment of life

Raised Minari

Though showing it as the light

You said you did not know the way

If you had known the way to the light

How come you walked in darkness

The time of every way is the beginning

Tomorrow will be the same

As the darkening way is also the beginning

You go forward

On your feet that have stood over 70 years

Newly, and lightly.

Always A Happy Ending
언제나 해피엔딩 - 전미도 배우

All the world is a great stage
We are at a loss at every unfamiliar scene
Not knowing
How each life's script is coming to an end
Your actress of wisdom
Devotes everything to here and now
As if not curious about how it ends
And so —Perhaps a Happy Ending!

Mido is her lifelong real name
Songwha is just a passing fancy
Don't speak that thoughtlessly
Holding both in her hearts
She joined 'Mi Do and Fa La Sol'
After learning the bass guitar for the first time
As if a bad singer, though a good singer
And so —Perhaps a Happy Ending!

Creating a fantasy
Of a doctor who sheds tears

Means the will to embrace the pain
While forgetting oneself a moment
In order to live as a stage character,
The harder it will be to erase me
The tighter hug me
And so —Perhaps a Happy Ending!

Still, What I am now

그래도 오늘의 나는 - 서현 가수 겸 배우

As a wildflower that Heaven sent to the world

I will bloom with all my strength

In this way, since I was a child of 12 years

I have made the years bloom

By learning the wind's breath as songs

By practicing the butterfly's gestures as dances

Cheers erupting like firecrackers in Seoul

Spreading to Tokyo, New York and Paris

Flew as dances and songs to the utmost

The world was thrilled at the 'Girls' Generation'

A decade's fragrance had not yet vanished

When I came down from the stage, stopping Act 1

Now is the time for me to bloom on my own

I wish I had listened more to my heart

I would like to appreciate what I was

Still, what I am now is

Thanks to my anxious wild days of dreaming

Thanks to my encounters with the wind and the butterfly.

Immersed into Paintings
그림에 스미다 — RM 가수 겸 미술 수집가

The sight of you from behind
Staring intently at this and that artwork
Naturally becoming one with the paintings
Makes up our landscape of today
As the hues painted in your eyes
Shine as dances and songs
The landscape that my heart relies on
Undulates with dreams of future days.